슬픔에게 무릎을 꿇다

실천시선 222
슬픔에게 무릎을 꿇다

2014년 8월 20일 1판 1쇄 찍음
2022년 6월 02일 1판 5쇄 펴냄

지은이 이재무
펴낸이 윤한룡
편집 신한선
디자인 윤려하
관리·영업 이소연

펴낸곳 (주)실천문학
등록 10-1221호(1995.10.26)
주소 남양주시 퇴계원읍 퇴계원로 52 405호
전화 322-2161~5
팩스 322-2166
홈페이지 www.silcheon.com

ISBN 978-89-392-2222-9 03810

이 도서의 국립중앙도서관 출판시도서목록(CIP)은 e-CIP홈페이지(http://www.nl.go.kr/ecip)와
국가자료공동목록시스템(http://www.nl.go.kr/kolisnet)에서 이용하실 수 있습니다.
(CIP제어번호:CIP2014024025)

실천시선 222

슬픔에게 무릎을 꿇다

이재무

실천문학사

차례

제1부

제2부

제3부

제4부

제 1 부

슬픔에게 무릎을 꿇다

어항 속 물을

물로 씻어내듯이

슬픔을 슬픔으로

문질러 닦는다

슬픔은 생활의 아버지

무릎을 꿇고

두 손 모아 고개 조아려

지혜를 경청한다

폐선들

신발장 속 다 해진 신발들 나란히 누워 있다

여름날 아침 제비가 처마 떠나 들판 쏘다니며

벌레 물어다 새끼들 주린 입에 물려주듯이

저 신발들 번갈아, 누추한 가장 신고

세상 바다에 나가

위태롭게 출렁, 출렁대면서

비린 양식 싣고 와 어린 자식들 허기진 배 채워주었다

밑창 닳고 축 나간,

옆구리 움푹 파인 줄 선명한,

두 귀 닫고 깜깜 적막에 든,

들여다볼 적마다 뭉클해지는 저것들

살붙이인 양 여태도 버리지 못하고 있다

추석

쉰다섯은 시름시름 앓기 시작한

아부지 나이. 엄니 돌아가신 뒤

두어 해 뒤껼 그늘처럼 사시다가

인척과 이웃 청 못 이기는 척

새어머니 들이시더니

생활도 음식도 간이 안 맞아

채 한 해도 해로 못하고 물리신 뒤로

흐릿한 눈에

그렁그렁 앞산 뒷산이나 담고 사시다가

예순을 한 해 앞두고 숟가락 놓으셨다.

그런 무능한 아비가 싫어

담 바깥으로만 싸돌았는데

아, 빈 독에 어둠 같았을 적막

내 나이 쉰다섯, 음복이 쓰디쓰다.

크게 병들었는데 환부가 없다.

나는 나를 떠먹는다

아내는 비정규직인 나의
밥을 잘 챙겨주지 않는다
아들이 군에 입대한 후로는 더욱 그렇다
이런 날 나는 물그릇에 밥을 말아 먹는다
흰 대접 속 희멀쑥한 얼굴이 떠 있다
나는 나를 떠먹는다
질통처럼 무거운 가방을 어깨에 메고
없어진 얼굴로 현관을 나선다
밥 벌러 간다

미역국을 끓이다

외박하고 돌아온 날로부터
찬바람 도는 아내와 냉전의 사흘 보내고 나서
맞는 일요일 아침
식구들 몰래 일어나 미역국을 끓인다
엊저녁 물에 담가두었던 마른미역
한 밤새 통통 살이 올라
바가지를 흔들 때마다 철썩철썩 파도를 부르고 있다
한 솥 가득 바다를 끓여내어
밥상에 올려놓고 늦은 아침을 먹는다
더운 국물로 식은 몸 덥히는 동안
아내 가슴에 옹골차게 박힌 돌
슬그머니 자취 감출 것인가
거실에 훈기가 돌고
영하의 날씨 베란다 얼어붙은 유리창에 핀
성에꽃들 죽죽 눈물 흘리며 창문 떠나고 있다
생활의 한 굽이,
또 그렇게 애써 외면하며 돌아가고 있다

파경

폭우가 길 위에 걸어놓은

명경 속으로

갓 태어난 새털구름 세 마리

들어와 한참을 첨벙대다 떠난 뒤

자잘한 풀꽃들 하나, 둘, 다섯

열 스물 몸단장에 지칠 줄 모르고

언덕 위 키 큰 느티나무

더벅머리 흔들어 물방울 털며

길게 휘파람 불어대더니

다음 날 다시 가보았을 때

명경 놓인 자리 흔적 없고

문수 다른 발자국들 똬리 튼

뱀들처럼 서로를 물고 할퀴고 있네

여생

누수처럼 느릿느릿
걷고 있는 노인의 몸에서
가닥가닥 풀린 길들
시나브로 흘러나오고 있다

대관절 저 구부정한,
마른 장작 같은 몸피 속에는
얼마나 많은, 젖은 길들
엇꼬여 쟁여 있는 것일까

여생이란 무엇인가
몸 안에 똬리 튼 길들
하나, 하나 어르고 달래
밖으로 흘려보내는 일 아닌가

목련 피는 저녁

또 한 페이지가 건성 넘어가고 있다
줄거리 건너뛰며 대강대강 읽는 날 늘어간다
다 늦은 저녁 먹다 남은 된장찌개 다시 데워
아이와 먹는 중이라며 옛 애인에게서 문자가 왔다
한 시절 콧날 우뚝했던 그녀 무럭무럭 늙고 있구나
낮에 입은 여자를 벗고 어머니로 갈아입은 그녀가
주방과 거실 오가며 내는 발소리 환하게 보인다

창밖 공원 가지 열고 나와 허공의 살갗
살짝 데우고 있는 우아하게 교만한 꽃봉오리들
하얀 치마 속으로 공기 입자들
입질하는 치어들처럼 옴질옴질, 파랗게 몰려들고 있다

숫겨울

가스와 기름불로 덥힌 난방

두껍게 껴입고도 마음 추워오는 날

부뚜막 온기 불쑥 그립다

쭈그려 앉은 엄니가 하염없이 넣어주는

잘 마른 나무줄기와 가지와 이파리 꾸역꾸역

받아 삼키던 아궁이의 깨끗한 식욕

밤새 차가워진 온돌의 몸을 데웠지

잘 마른 나무일수록 연기의 향과 결이 고왔지

삶의 나중도 그러하리라

수평의 물을 수직으로 끌어올려 살았던 나무들

불 만나 재로 남은 것은 밭으로 갔고

영혼은 연기로 날아올라 산으로 갔지

먼지의 힘

먼지도 밥이 된다
삼시 세끼가 아니라
일주일 한두 번
폭식하는 그녀의 장기
투명하여 먹은 양 고스란히 보여준다
그녀는 생활의 바로미터다
날마다 태어나 자란 먼지들
살집 불리면 발동하는 시장기
그녀의 식탐은 식을 줄을 모른다
고봉의 밥 싹싹 달게 비워내며
청결을 과신하던 그녀도
그러나 식구와 더불어 산 지 십수 년
근년 들어서는 근력 부치는지
식사량 주는 대신 식사 시간이 늘고
음식물 흘리기도 하고
먹은 것 도로 게워내기도 하더니
평생 안 하던 밥투정을 다 한다

먼지의 유구한 힘을
누군들 당해낼 수 있겠는가
이 세상 한결같은 것은
먼지밖에 없는 것 같다

火口 앞에서

배화교도 되어 타오르는 불 숭배한 적 있다

주황빛에 청색의 손 적시며 축축한 생각

꼬들꼬들 말리다 보면 영혼의 동굴 안쪽에까지

비단실 같은 빛 새어 들어오곤 하였다

잡념의 비린 생선 던질 때마다

고양이의 혀 되어 날름 삼키던 불

생의 궁극은 완전한 소진에 있는 것

화구 앞에서 생의 완주에 대해 생각했다

그러나 나는 씨름 기술이 부족한 사람

번번이 생활의 샅바 놓쳐 허둥지둥 나가떨어지기 일쑤였지만

아직 시간의 끈 놓아서는 안 된다

타다 만 흔적처럼 추한 것 어디 있으랴

덜 마른 아집의 생목 한 짐 던져 넣으니

검붉은 손톱 불쑥 솟아나 눈 찌르고 얼굴 할퀸다

불의 지청구 달게 받은 뒤

자세를 고쳐 앉아 젖은 신발 벗어 말린다

가을 계곡

처서 백로 거쳐 추분에 들자

계곡은 더욱 맑고 투명해졌다

바닥 환히 드러내 보이는 물빛

밝아진 시력으로

제 몸보다 훨씬 더 큰 것들을 담고는

평상심으로 제 갈 길 가고 있었다

손을 담그면 서늘한 기운 솟구쳐 올라

쭈뼛, 머리끝이 곤두서기도 했다

가끔, 나는 그곳에 들러

문장 연습을 하다가 오고는 하였다

얼굴

주름 가득한

더운 날 부채 같은

추운 날 난로 같은

미소에 잔물결 일고

대소에 밭고랑 생기는

바람에 강하고

물에 약한 창호지 같은

달빛 스민 빈방 천장 같은

뒤곁에 고인 오후의 산그늘처럼

적막한

공책에 옮겨 쓴 경전 같은

깜깜한 황홀

강풍에 나부끼는 활엽수들
산발한 채 달려드는 빗줄기
불빛의 혀로 감싸 안는 가등들
불어난 물살에
떠밀려 가는 냇가의 돌들

갑작스러운 방문에 부산스러운 것들
깜깜한 황홀의 소용돌이
가라앉은 뒤
낱알 뱉어낸 푹 꺼진 자루로 남아
오래 허전하고 아픈 영혼들

약속

자주자주 하늘을 올려다보리.
하늘엔 갑자기 생겨난 별들이
보석처럼 반짝이겠지.
가장 일찍 떠서 가장 늦게 질
하늘의 아이들아,
욕된 이름들이 지상을 떠날 때까지
그들을 잊지 말고 굽어보고 지켜보렴.
흐르지 못한 시간들이
쌓이고 고여서 썩어가는
골목과 거리와 집과 강물과 늪에
너희 아픈 빛을 오래오래 비추어다오
폐허의 가슴에
떠나버린 사랑이 다시 찾아올 때까지
약속을 되새기리.
자주 자주 하늘을 올려다보리.

내 일상의 종교

나이가 들면서 무서운 적이 외로움이라는 것을 알았을 때
내가 가장 먼저 한 일은 핸드폰에 기록된 여자들
전화번호를 지워버린 일이다
술이 과하면 전화하는 못된 버릇 때문에 얼마나 나는 나를
함부로 드러냈던가 하루에 두 시간 한강변 걷는 것을 생활의 지표로
삼은 것도 건강 때문만은 아니다 한 시대 내 인생의 나침반이었던
위대한 스승께서 사소하고 하찮은 외로움 때문에
자신이 아프게 걸어온 생을 스스로 부정한 것을 목도한 이후
나는 걷는 일에 더욱 열중하였다 외로움은 만인의 병 한가로우면
타락을 꿈꾸는 정신 발광하는 짐승을 몸 안에 가둬
순치시키기 위해 나는 오늘도 한강에 나가 걷는 일에 몰두한다
내 일상의 종교는 걷는 일이다

돌멩이와 구두

석 달 전 길을 걷다가 달그락거리는 소리가 거슬려 귀 기울여보니 영락없이 구두 밑창에서 나는 소리라 걸음을 멈추고 들여다보았다 언제 뚫렸는지 엄지손톱만 한 구멍이 보이고 그 속에 작은 돌멩이가 들어앉아 있는 게 아닌가 어디서 굴러든 것일까 나는 돌멩이를 꺼내 길에 놓아주었다 그 후로도 여럿 돌멩이들은 예의 구멍에 들어와 달그락거리는 소리로 자신들의 존재를 증명하다가 이내 꺼내지고는 하였다 과연 이들의 동숙은 서로가 서로를 원해 이루어진 것일까 하나의 간절한 염원이 이룬 것일까 아무려나 내 알 바 아니지만 우리네 설운 삶을 다녀가는 무수한 인연들이 혹여 저 돌멩이들과 구두가 맺은 지극히 사소한 우연 같은 것은 아니었을까 하는 생각 먼지처럼 피어올랐다 오늘도 내 생은 하루만큼 저물어간다

포장마차

포장마차는 술 취한 승객들을 싣고 달린다
마부는 말 부리는 틈틈이 술병을 따고
꼼장어를 굽고 국수를 말아
승객들의 허기를 채우느라 여념이 없다

술 취한 승객들은 마차의 속도를 모른다
하지만 속도가 엄청나게 빠르다는 것은
어렴풋이 알고 있다 그러니까 포장마차는
시간의 도로나 레일 위를 달리고 있는 셈이다

수시로 포장을 열고 닫으며 승차와
하차 하는 사람들 후끈 달아오른 실내에서
계통 없이 떠들어대는 사람들

바깥은 찬바람이 불고
빈 술병은 한구석에 쌓여 작은 산을 이룬다

이윽고 종창역인 새벽에 도착한 마차가
마지막 승객을 토해놓고
마부는 두 손을 어깨 위로 올려 기지개를 켠다
어디 먼 데서 기적 같은 말 울음소리가 들려온다

배드민턴과 사랑

오래전 일입니다. 주말이면 아이와 나는 집 앞 공터에서 배드민턴을 쳤습니다. 지는 것을 몹시 싫어하는 아이를 위해 시합에 져주곤 하였는데 눈치 못 채게 져주느라 여간 애쓰지 않았습니다. 5전 3선승제. 1세트는 내가 이깁니다. 2세트는 가까스로 집니다. 이때 노력이 필요합니다. 일부러 진 것을 알면 아이가 화낼 게 빤하기 때문입니다. 마지막 세트에 가서 듀스를 거듭하다가 힘들게 집니다. 그러고는 연기력을 발휘하여 분하다는 듯 화를 냅니다. 마른미역처럼 구겨진 얼굴을 하고 있는 내게 아이는 미안한 표정 지으면서도 한결 업된 기분 참을 수 없는지 탄력 좋은 공처럼 통통 튀면서 경쾌하게 집으로 돌아갑니다.

배드민턴을 치면서 나는 들키지 않게 져주는 것이야말로 가장 위대한 사랑이라는 것을 알았습니다. 사랑의 셔틀콕이 네트를 넘어 널리 멀리 퍼져나가면 그것처럼 큰 사랑은 없겠지요? 그게 어디 말처럼 쉽겠습니까마는.

제2부

혁명

무릇 혁명을 꿈꾸는 자

꽃나무를 닮아야겠다

가지가 꺾이고 줄기가 베여도

뿌리 남아 있는 한 악착같이 잎 틔우고

꽃 피워 마침내 열매 맺어야겠다

저마다의 외로움을 나이테로 새기면서

지평을 푸르게 물들이다가

꽃들을 다 내려놓고 쓰러져야겠다

이웃한 나무들의 거름으로,

유빙들

어긋난 사랑 엇도는 관계를 저렇게도

아프고 무력하게 말하는 것들이 있다

한파가 맺어준 단단한 결속을 저렇게도

한순간에 허무는 것들이 있다

둥둥 물살에 휩쓸려 떠다니면서

한 몸으로 살았던 어제를 잊고

서로를 불신하며 밀어내고 있는 것들이 있다

쩌렁쩌렁 겨울 천하를 호령하던 이력 지우고

흐르는 세월에 재빠르게 순응하는 것들이 있다

밤섬

일주일에 네댓 번
한강변 거닐 때는 밤섬에 들어가
오래전 지어놓은 모옥에 들러
마당 빨랫줄에 갓 빨아 헹궈 짠
수건처럼 구겨진 마음 잘 펴서 널어놓고
검은 염소와 잿빛 토끼와 황갈색
메추라기와 하얀 새털구름이나 방목하면서
세상 말귀 따위 못 알아듣는
바보 천치 숙맥이 된다
파리 떼처럼 악착같이 달려드는
냄새와 소음 훌훌 털고 들어간 율도국에서
소식 듣고 달려온 길동과 천렵을 하거나
여의도 오가며 이착륙 반복하는
철새 편대들에게 주먹감자나 먹이다가
풀밭에 누워
실컷 햇빛만 쏘이다 온다

한강 블루스

늦은 밤 이삿짐 풀어놓고 한강에 나와
강 건너 여의도 아파트 바라다본다
저곳은 어제까지 내가 살았던 곳
여섯 해 동안 두 권의 시집과
한 권의 산문집을 냈고
아내가 암 수술을 받았고
재수 끝에 아들이 대학에 들어갔다
의붓어미처럼 낯설고 어렵기만 하더니
어느새 마음 안쪽에 서늘히 그늘 드리웠구나
슬픔의 줄기 베어낼수록 여름풀처럼
더욱 웃자랐지만 더러 겨울냉면처럼
소소한 맛의 위로와 기쁨 안겨주기도 했지
마포는 처음 상경해 살림을 부렸던 곳
이곳을 떠나 이곳으로 돌아오는 데 꼬박
서른 해가 걸렸다 그새 몇몇 지인들 떠나
돌아오지 않았고 붉은 열정이 새어 나간 몸은
알곡 빠져나간 광목 자루처럼 헐렁해졌다

꽃잎처럼 점점이 흩어진 불빛들 떠안고
흐르는 강물은 명일 아침 서해에 입 맞추리
세상 모든 길은 내 집 문 열고 나가
내 집 문으로 돌아온다 이곳에 살며 나는
또 새로운 인연들 맺고 풀리라
가파른 언덕 숨차게 뛰어올라
새로 튼 둥지 안에
새알처럼 담겨 자는 식구들 들여다보며
첫 경험처럼 괜스레 두근거리는 마음
지그시 누르며 오지 않는 잠을 청한다

나는 그 노인들이 싫어졌다

한 나라의 지혜여야 할 어른을
누가 물정 모르는 맹견으로 만들었나
왕년을 들먹이는, 고장 난 기계와 같은 무지와 고집
나라 없는 설움과 고엽제의 세월과
목숨의 최전선을 살아오면서
평생을 체제 동원에 길들여온 과거들
나는 왜 미워지는 것일까
팔뚝에 큐피드 화살 문신을 하고
애틋한 사랑 대신 단순 구호를 복창하는
늙은 과거들은 알까 일당 만 원에 팔려 와
목에 핏대 세우는 무지막지가
어린 현재와 미래의 평화 가로막는다는 것을
억울하게 징집당해온 세월을 배설물처럼 쏟아내는
뼛속까지 노예가 배어 있는 과거들
노인들이 싫어졌다
이러면 안 되는데
따지고 보면 저이들도 피해자인데

나도 곧 저들 속에 포함될 나이인데
아무리 고쳐 생각하자 해도
해병대 군복에 도끼눈 부릅뜬 채
가스통 둘러업은 저들을 보면
오만 정 떨어져 멀리 피하고만 싶다
그러면 안 되는데 되뇌면서도
나는 그들이 한없이 미워지고 싫어졌다

통나무들

거리를 활보하는
찻집 의자에 앉아 담소 즐기는
출퇴근 만원 버스와 전철 안
무표정하게 창밖 보고 있거나
어깨 밀치며 발등 밟는
술집에서 벌게진 얼굴로 계통 없이 장광설 늘어놓는
미장원에서 염색 중인
골목 시장 백화점에서 물건 사고파는
동사무소 은행에서 대기 번호표 뽑아 들고
순번 기다리는
복덕방에서 내기 바둑 두는
한낮의 공원 물고기처럼 느릿느릿
하릴없이 배회하는
강변로 제식훈련 하는 병사들처럼
동작 반복하며 걷는

병원 진료실에서 무통을 호소하는

팔다리 부러지고 이마 깨져도
깨진 병조각 예리하게 복부를 지나가도
난롯가에서 졸다가 자기 다리가
타는 줄도 몰랐던 피노키오처럼*
도무지 통각을 모르는

---

* 최수철의 소설 「피노키오들」 중에서.

칼

집에 처박혀 잠든 지
오래인
그를 깨워

잠자는 동안 비대해진
날〔刀〕
숫돌에 갈고 간 뒤

거리로 내보내야겠다

명검은 무용으로 위엄을 빛낸다지만

창궐하는 악의 위세
살기등등한데

어찌 이름만으로 만세에 유전할 수 있겠는가

메이드 인 파키스탄

파키스탄 시알코트 소년 무하마드는
축구공을 만들기 위해
가죽을 꿰매고 또 꿰맨다
수시로 바늘이 찔러대지만
굳은살로 단단해진 손가락들은
통증을 질러대지 않는다
친구들과 어울려 축구를 해본 적 없는
소년 무하마드들
매일 5센트 받고 공을 만들어
축제가 벌어지는 세계로 보내고 있다

소 뼈다귀

살아서는 노동력을 바쳐야 한다
죽어서는 부위별로 팔려나간다
그중 뼈다귀는 세 번 네 번 우려지기까지 한다
가죽은 북이 되어 다시 매질을 당하거나
구두가 되어 노동을 살아야 한다
세상천지에 이같이 불쌍한 존재가 또 있을까?
묻혀서도 걸핏하면 불려 나와
부관참시당하는 사람

소 뼈다귀인가?

물 끓어 넘치게 하는 자

주전자에 물 한가득 부어 끓인다
비등점에 이르자 끓기 시작하더니
쉭, 쉭, 쉭 거친 숨 몰아쉬며 쉴 새 없이
뚜껑 열었다 닫기를 반복한다
불을 줄이니 금세 다소곳해지는 물
불을 올리니 부글부글 끓어 넘치는 물

물의 순한 성정 사납게 만드는 것은 불이다
세상 곳곳에 산재한 물들이
위험천만하게 끓어 넘치고 있다

누구냐?

다시 한강에서

겨울 강물처럼 단순하게 살고 싶었다
쉰다섯 해를 사는 동안
다섯 번의 공화국과 세 번의 민간 정부가
들어섰지만 구호만 요란했던 시대의 희망은
집 없는 사람들을 거듭 울렸다
두뇌가 우수한 인재들은 유학을 다녀와
독재자의 하수인이 되거나
재벌가의 마름이 되어 가난을 더욱 능멸하였다
도시는 분노를 키우는 학교였다
성실, 정직하게 사는 자들은 대개가
열등한 유전인자를 타고난 이들이었다
한 울타리에서 나고 자란 형제자매 간에도
어른이 되어 계급이 달라졌고
누가 알려준 것도 아닌데 영악한 아이들은
착하다는 칭찬을 무능하다는 모욕으로 받아들였다
더 이상 범람할 줄 모르는 한강은
흐르는 시간보다 고여 있는 시간이 더 많았다

강태공들이 건져 올린 물고기들은
비늘이 상해 있거나 지느러미가 잘려 있었다
한여름에는 강 안쪽에서 부글부글
끓고 있는 썩은 내가 떼 지어
스멀스멀 강둑을 향해 기어오르고 있었다

언 땅을 파다

북풍이 불어오고
혹한이 몰려와
차갑게 얼어 굳어버린 땅에
삽날을 댄다

누구는 무위한 짓이라고
혀 끌끌 차대지만
저 단단하게 얼어붙은
각질을 벗겨내면
더운 숨 모락모락 피워낼
땅의 온기 그리며 어금니를 깨물고
거듭거듭 언 땅에 삽날을 댄다

강철처럼 단단해진
땅의 반동으로
삽날이 휘다가 튕겨져 나간다
얼얼한 손에 입김을 쐬고

저만치 떨어져 나뒹구는
삽 다시 일으켜 세운다

몽블랑

늦은 밤 일어나 거실에 앉아 있으면 온갖 사물들이 조곤조곤 말을 걸어온다

오늘은 삼십 년 전 문단 말석에 부끄러운 이름 석 자 올린 해 기념으로 받은 선물 몽블랑이 서랍을 열고 나와 말한다

자기로부터 너무 멀리 걸어온 것은 아닌가, 하고

지인은 思無邪를 강조했다

만년필은 의식을 거행하는 사제처럼 엄숙하게 촉에서 흘러나오는 핏방울로 원고지 칸칸을 적셔나갔다

만년필은 또한 순금의 언어를 캐는 지하 갱도의 곡괭이였는데, 암벽을 만나 캄캄하게 울기도 했다

순결에의 강요, 의식을 지배하던 그는 급기야 무의식에까지 촉수를 뻗쳐왔고 두려워진 나는 그를 장롱 속 문갑 안에 두고 멀리하기 시작하였다

그 후 오랜 시간 볼펜은 나의 가장 가까운 이웃이었다

그는 가볍고 경쾌했다 쓰기에 속도가 붙고 구겨진 생활도 점차 펴지기 시작하였다

그러나 어느 날부터인가 그는 나를 속이고 굴절시키고 터무니없이 과장했다

생업의 순환과 반복에 갇혀 사는 동안 나도 모르는 새 책상엔 컴퓨터가 놓였다

나는 한동안, 나를 두들겨대는 자판을 낯설게 바라보았다

첨단의 도구답게 그는 모든 것에 민감하고 신속하였다

속도의 수족이 되어 살았지만 예전처럼 아프지 않았다

때 묻어 얼룩덜룩한 이름이 세상을 떠돌 때 아랫배가 나오기 시작하였다

몽블랑을 다시 찾았을 때 그의 피는 이미 굳어 있었다

계백의 후예들

카드 빚에 쫓기다 지친 사십 대 가장이 자신의 아내와 아이들을 죽인 후 자살을 시도했다가 실패했다는 뉴스를 접할 때마다 엉뚱하게도 나는 그날의 수업 시간을 떠올린다 스포츠형 머리에 역삼각형 얼굴, 치켜뜰 때마다 칼끝처럼 매서운 눈매에선 겨울 골짜기의 맵찬 기운이 뿜어져 나오던 역사 선생, 제군들은 나라의 운명 앞에 초개처럼 목숨을 버렸던 성웅들을 기억해야만 한다 선생의 쟁쟁한 목소리에서는 언제나 군마의 발굽에서 이는 먼지가 피어올랐다

계백은 차마 눈에 밟히는 눈빛 초롱한 아이들과 어진 아내를 죽이고 어찌 전쟁터에 나갈 수 있었을까, 그날의 계백보다 훨씬 더 많은 나이를 살고 있는 지금 나는 선생의 말을 믿지 않는다

원망으로 치 떨며 죽어갔을 아내와 아이들의 눈동자가 떠올라 지워지지 않는다 살아남은 치욕으로 몸서리치고 있을 사십 대 가장 그도 계백의 충혼처럼 가문을 위해 마음

과 몸 붉게 달아오르던 한때를 살았으리라 그러나 보이지 않는 올가미에 걸린 목숨 안간힘으로 파닥거리다 기진한 그는 기껏 존속 살해범이 되었을 뿐이다

벽창호

도배 위해 낡은 벽지 떼낸다

오래된 벽지는 고집이 세다

벽에 찰싹 붙어서

벽과 한 몸으로 살아온,

지가 벽인 줄 아는 벽지의

완강한 저항은 몸 지치게 하고

일 더디게 한다

동요하는, 고달픈 현재여,

제 3 부

까치집

까치집은 볼 때마다 빈집

저 까치 부부는 맞벌이인가 보다

해 뜨기 전 일 나가

별 총총한 밤 돌아오는가 보다

까치 아이들은 어디서 사나

시골집 홀로 된 할머니에 얹혀사나

허공에 걸린 빈집

심심한 바람이나 툭툭, 발길질하고

달빛이나 도둑처럼 들렀다 가고

가난한 평등

국밥 속에 든 비계처럼

탕 속 둥둥 떠 있는 허여멀건 육체들

맺혔다가는 스스로의 무게 못 이겨

떨어지기를 거듭 반복하는 벽면의 물방울들

말없이, 느긋하게 응시하는 저 다양한 체위 속에는

기실 얼마나 많은 소음들이 들어차 있을 것인가

음치가 있고 기계치가 있듯 몸치가 있다

평일 한낮 황토방 마주보거나 나란히 앉아

육즙 짜내며 힐긋힐긋, 울퉁불퉁한 서로의

가난한 평등 훔쳐보는 비만의 자루 속에는

발기불능의 욕망들 부글부글 끓고 있을 것이다

참외들

골목 트럭에 가득 실려 있는,

볼 때마다 불쑥 내 몸속

오래 잠자던 서리 충동 일깨우는

금방이라도 굴러 내릴 듯 아슬아슬한 노란 얼굴들

모범 시민인 내게 위반과 불온과 금기를

자꾸만 부채질해대는,

여름 한철 반짝 살다 가는,

겉은 단호해도 속은 물러 터져

아무 때 아무에게나 싼값으로 너무 쉽게 먹히지만

끝끝내 소화 안 되는

단단한 씨앗들 배 안에 한가득 품고 있는,

참으로 질긴 생명의 여름 성녀들

지병처럼 찾아오는 것들

골목길 사라지면서 덩달아 사라진 것들 많다
좁은 골목을 사이로 다닥다닥 키 작은 집들
건넛집 술 취한 가장의 코 고는 소리가
반쯤 열린 철 대문을 빠져나와
홀로된 지 오래인 과부의 홑치마 속 파고드는 것이며
비 오는 날 이웃집에서 굽는 고등어구이 냄새가
블록 담을 넘어와 공복 위로 스멀스멀 기어오르던 것이며
백내장 앓아대던 가등 아래 서로의 더운 숨결 탐하던
늦은 밤의 연인들 실루엣이며
온갖 소리의 넝쿨들 온갖 색깔 범벅의 냄새들
주인 몰래 몰려나와 저희끼리 희희낙락 짝짓기 하던,
우리들 한때 생의 자궁이었던 그곳
날 흐리면 지병처럼 찾아오는 것들
골목길 사라지면서 덩달아 사라진 것들 많다

두부에 대하여

두부가 둥그런 원이 아니고
각이 진 네모인 까닭은
네모가 아니라면 형태를 간직할 수 없기 때문
저 흔한 네모들은
물러 터진 속성을 감추기 위한 허세다
언제든 흐물흐물 무너질 수 있는 네모
너무 쉽게 형태를 바꿀 수 있는 네모
가까스로 네모를 유지한 채
행여 깨질까 조심스러운 네모
제가 본래 단단하고 둥근 출신이라는 것을
까맣게 잊어버린 네모
우스꽝스러운, 장난 같은 네모
지가 진짜 네모인 줄 아는 네모
언제든 처참하게 으깨어질 수 있는 네모
둘러보면 그런 두부 같은 네모들이 얼마나 많은가

냉장고에 대하여

다국적 죽음들이 수시로 드나드는

냉장고 층층마다 시체들이 누워 있다

사체로 끼니를 챙겨 먹고

인간들은 조금 더 죽음을 연장한다

주름 공장

세탁소는 주름 공장
지워지고 비뚤어진 주름들
다시 만들고 바로 세운다
여기저기 구겨진
허름한 바지 입은 세탁소
주인은 자신이 공들여 만든
주름들이 꼿꼿한 자세로 활기차게
거리 활보하는 게 꽃보다 보기에 좋다
스팀 연기 뽀얗게 피어오르는
공장에 들어서면 열병식 하는
병사들처럼 각 세운 주름들
늘씬하게 내걸려 있고
울울창창한 주름 숲 아래
풀 죽은 주름들 살려내느라
기역 자로 몸 꺾인 주인의
동맥 줄 선명한
두툼한 손등이 있다

검은 운명

하루분의 얼룩이며 먼지
빨아들일 때마다 만신창이가 되는
서러운 비천함이여,
여기서 더 밀리게 되는 어느 날 불쑥
검정 비닐봉지 속에 담겼다가
출신이 다른 온갖 잡스러운 쓰레기들과
한통속 되어 소각장에 실려 갈 비극이여,
네가 다녀간 바닥이 반짝반짝 웃던 시간을
네 주인은 기억하지 않을 것이다
네가 개인과 단체를 기념하기 위해서
탄생되었다는 것, 또 네가 전락하기 전
세수 마친 얼굴들 보송보송 닦아주었던 것도
맘껏 너를 부려 청결만을 구해온 주인은
떠올리지 않을 것이다 검은 운명이여,
아프도록 살갗 문대며
오르지 바닥에 헌신했으나
살아서 단 한 번도 명예를 얻지 못했고

존재가 다한 뒤에도
슬프고 외롭고 낮은 이름으로 남을 사물이여,

장 속의 새

새 기르는 이가 말하길
그렇게나 잘 울고 발랄하게 지저귀던 새
잡아 장 속에 들여놓으니
아침나절 잠깐 시늉하고는
종일을 울음 없이 지낸다 한다

한 톨 두 톨 삼킨 모이 힘으로
이 가지에서 저 가지로 이착륙 반복하면서
통 통 통 튀는 음표로
연초록 광도 높이며 절창을 울던 새여,

퇴화된 울대 살찐 몸으로
뒤뚱뒤뚱 게으르게 걷다가
불쑥, 추억을 새김질하듯
날갯짓 두세 번 파닥거리다 마는 새여,

배고프지 않은데

끼니때 되니 먹는 밥처럼
도무지 눈맛이 없는 깔깔한 서정시여,

잿빛 토끼 한 마리

여의도 샛강 생태공원 걷다가 해후한, 불쑥 뛰쳐나온 잿빛 토끼 한 마리
들킬세라 발소리 죽여 우회하면서 힐끗, 곁눈 주니 앞발 가지런히 모아
앙증맞게 주둥이 문지르다 말고 구면인 듯 멀뚱멀뚱 나를 맞바라보는 것 아닌가
저자는 섬 태생은 아닐 것이니 필시 여기로 유배 온 자일 것이다
용궁이 어디인지, 다래 넝쿨이며 머루와 딸기 지천으로 열리는 첩첩산중도 모르고 살아왔겠지
어릴 적 오일장 가는 어미를 따라가서 잿빛 털이 고운 앙고라토끼 한 쌍 사다가
장에 넣고 길러서 새끼들 낸 후 내다 팔아 가용에 보태 쓰던 일과 폭설 내린 다음 날 수업 작파한 전교생 학교 뒷산 에워싸고 몰이 하던 일 등속
두서없이 떠올라 머릿속 자욱하게 흰 연기 피어오르는데
그걸 알 리 없는 토 선생께서는 빗물 고인 분화구 같은

눈망울 안에

새털구름 몇 점 띄우고는 때마침 땅의 문 열고 나온 부드러운 새순들 오물오물 입속에 넣으며 오후 한때를 평화롭게 저작하고 있었다

저자에게는 내가 지녀온 궁색한 살림과 치약 거품 같은 치욕과 미래에 대한 까닭 없는 불안 따위는 없을 것이었다

물정 모르는 그가 상경 이십칠 년 차인 나보다 세상을 더 관대하게 살고 있었던 셈

섬은 의식하는 자에게는 유폐이고 고립이고 단절이겠지만 천지 분간을 모르는 자에게는 세계의 전부일 수 있고

자유를 국량함도 이것과 비례할 수 있다는 소견을 되새김하며 쓸쓸히 먼지 이는 길 걸어 철망 씌운 장 같은 집으로 왔다

은행알들

인도에 떨어진 은행알들

행인들 구둣발에 짓이겨져

구린내 물씬 풍기고 있다

굴러다니는 저 질펀한 구린내들은

참을 수 없는 절규와 비명

씨줄과 날줄로 엮어

스크럼 짜고 있는 것은 아닐까

밤을 밝히는 가등의 심정처럼

쫄깃하고 알싸한 맛 감싸는,

저 구린내들은 얼마나 숭엄하고 위대한가

봄밤, 아스팔트가 운다

비 오는 봄밤

자동차가 헤드라이트 비출 때마다

찬피동물 등껍질같이 차게 번들거리는

아스팔트가 운다 얼굴에

그 어떤 표정도 어슬렁거리게 한 적 없더니

짓이기며 달리는 성마른 바퀴들

무두질에도 내색 없이 기껏해야

제 살 뜯어 빚은 검은 비듬이나 폴폴 날려쌓더니

삶아 헹군 국숫발같이 치렁치렁 감겨오는 비

하염없이 몸에 두르고 얼굴 가득 글썽글썽,

유지 만난 물방울같이

눈물 구르게 하나 저 사내

스프링

스프링의 힘은 반동, 밀도와 크기는 속도에 비례한다

모든 살아 있는 것들은 몸속에 스프링을 지니고 있다

만발하는 꽃들도 줄기와 가지 속 샘물이 피운 것이다

갓 태어난 스프링이 뿜어내던 싱싱한 탄력은 얼마나 눈부셨던가

누르는 힘 크면 클수록 되받아 솟구쳐 오르는

쾌감으로 무거운 세상 경쾌하게 들어 올렸지

그러나 영원한 반동을 사는 스프링은 없다

탄력의 숨 놓아야 할 때가 온다

새로운 봄으로 태어나기 위해 태초의

자연, 캄캄한 세계로 돌아가야 한다

계단에 대하여

생활의 방편이 되어버린 습관이여,

자신의 그림자를 밟으며

단계에서 단계를 밟아 올라가면

최후의 벼랑이 아가리를 벌리고 있다

우울 氏의 이마에 시간의 장인이 새긴

굵게 팬 물결 주름들

무릎 접었다 펴는 동안 몸을 빠져나가는

검붉은 감정들

생각이 많은 얼굴을 기피하는 계단들

오르면서 우울 氏는 표정을 잃어간다

폐닭

삼십 년 수명인데
그 수 다 누리고 가는 놈은 없다
부화한 지 육 개월 되기도 전
죽어간 놈들은 탕 되고
치킨, 갈비, 깐풍기, 라조기, 팔보채,
죽, 스테이크, 샐러드, 꼬치, 강정,
계장, 샌드위치, 케밥,
찜 되어 주린 입속으로 들어가
피와 살 된다
죽어가는 놈들 내뿜는 독소
몸속 세포에 시나브로 쌓인다
어찌 이들뿐이랴
비명횡사한 뒤 음식 되는 것들
사람들 성정 사납게 진화시키고 있다

제 4 부

시골길

울퉁불퉁한 시골길을 걷는다

두근두근 길도 내가 그리웠나 보다

이제사 알겠다

내가 시골길에서 자주 넘어지는 이유

호박꽃

호박꽃 핀 날 이후로 모주꾼 같은 벌들 붐비고

자꾸만 옥타브가 올라가는 매미들 울음소리와

자꾸만 울음 주머니가 커져가는 개구리들과

땀 뻘뻘 흘리며 줄기에 어깨를 대는 담벼락들과

매 맞은 아이와 같이 맨발인 채

마을 밖으로 내달리는 밭둑들과

키 작은 지붕들도 들썩들썩 덩달아 분주해졌다

호박꽃 핀 날 이후로 새댁 입덧이 심해졌고

여름이 더욱 여름다웠다

공원

창공에 길 내며 새들 날아간 뒤

고무줄 탄력 되찾고 풍선처럼 팽팽해진 공기

강철 날개 저어 간 자리

밤새 딱딱하게 녹슨 공기

잘게 부서져 흩어진다

저, 날렵한 비상을 위해

새들 공원 바닥 오가며 몇 알의 양식 구했던 것

땅 박차고 날아오르는 순간

이륙으로 쩍쩍, 금 가는 소리 요란하다

팔월

휴일 일에서 놓여나

큰 나무 아래

가득 고여 출렁대는 검푸른 그늘

몇 바가지고 거듭 퍼 올려

등목을 한다

해종일 아무리 퍼 써도

그늘은 줄지 않는다

화수분같이 솟아오르는

그늘이 돈이었으면 어떨까

불경스러운 생각도 해보는

팔월이다.

갈대들

강변에 줄지어 서 있는 갈대들

불어오는 바람

세차게 몸 흔들어대도 갈 데가 없다

갈대라고 해서 왜 가고 싶은 곳이 없겠는가

깊숙이 내린 뿌리 악착같이 움켜쥔

진흙 터전 차마 떠날 수 없어

흐르는 강물에 제 그림자 드리우고

달빛 사무쳐도 별빛 영롱해도

제 몸 안에 고인 갈빛 울음

밤새 퍼 올려 허공에 뿌리고 있다

몽롱한 것은 장엄하다

어느 날 나무들에게 의지가 생겨

직립보행 하는 존재가 되었으면 좋겠다

도심지를 마구 휘젓고 다니며

자동차를 뒤엎고 빌딩을 뒤엎고

못된 생각에 골몰하는 나 같은 놈들을

패대기쳤으면 좋겠다

아아, 나무들의 반란, 나무들의 혁명,

그리하여 마침내 수목의 제국에서

그들의 수족이 되어 순종하는

거룩한 노예가 되었으면 좋겠다

달밤

낮밤 가리지 않고 지분 내

풍기며 술렁술렁 야산 들쑤셔대는

밤꽃들 끈끈이주걱 같은 암내에 취해

숲 속의 블랙홀로 빨려드는 일벌들

덩달아 벌게져서는, 발정 난 수캐 되어

산야를 마구 싸돌아다니는 몽롱한 달빛

옛날 같으면 수절 과부가

목매달아 죽기에 딱 좋은 날이다*

* “옛 성의 돌담에 달이 올랐다/묵은 초가지붕에 박이/또 하나 달같이 하이얗게 빛난다/언젠가 마을에서 수절 과부 하나가 목을 매여 죽은 밤도 이러한 밤이었다”, 백석, 「흰 밤」.

달을 안주로 술을 마시다

그해 여름 여명에 나는 해안가 낯선 주막 열린 문을 통해 기이한 풍경 하나를 우연히 일별하게 되었다 온몸에 진흙 범벅을 한 채, 때마침 떠오르는 햇살에 쫓겨 갯벌 빠져나와 궁한 몸짓으로 줄행랑치는 하현을 보았던 것인데 에로 비디오가 따로 없었다

토박이 주모의 말에 의하면 주마에 홀린 우리 일행이 술청 동이에 가득 담긴 술을 한 잔 한 잔 퍼 올려 각자의 몸속에 옮겨 담고 있는 동안 초저녁, 부두가 거처인 도둑고양이처럼 기어든 달이 새벽까지 갯벌을 들쑤시고 다니며 제 씨앗 마구 뿌려대고 있었다는 것이다

그러니까 우리가 밤새 통음하며 먹어치운 안주 일색이 실인즉슨 달의 새끼들이나 진배없다는 거였다

봄의 직공들

파업 끝낸 나무와 풀들
녹색 공장을 가동하기 시작했다고 한다
줄기와 가지 속 발동기 돌려 수액 퍼 올리랴
잎 틔우랴 초록 지피랴 꽃불 피우랴
여념이 없는 그들의 노동으로 푸르게 살찌는 산야
이상하게도 그들은 일할수록
얼굴빛 환해진다고 한다

빙어

속 환히 들킨 채 사는 물고기. 몸피 작아 적게 먹으니 크게 감출 것도 꿍꿍이도 없는 투명 찬란한 물고기. 얼음 천장 아래 유유상종 동족 더불어 가만, 가만히 들숨 날숨 쉬며 바깥 소란에 아랑곳없이 살아가는 키 작은 물고기.

해마다 겨울이 오면 도시에서 몰려온 천렵꾼들 주전부리로 떼죽음당하는 눈먼 물고기.

어둠이 그립다

도회지에 오래 살다 보니 진한 어둠이 그리울 때가 있다

왜 있지 않은가 광 속처럼 한 치 앞도 분간키 어려운, 캄캄한, 그 원색의 어둠이 뜬금없이 울컥 사무칠 때가 있는 것이다

도시의 어둠은 지쳐 있다 오래 입은 난닝구처럼 너덜너덜하고 빵꾸가 난 곳도 있다

밤마다 휘황찬란한 불빛에 쫓긴 어둠들은 어디에서 유숙하는 걸까

옥수수

열병식 하는 병사들처럼 밭두둑

줄지어 서서 어느 날은 햇빛의 폭우에

어깨 축 늘어뜨리고 어느 날은 폭풍으로

땅에 닿을 듯 사지 휘어져 흔들어대다가도

달 푸른 밤이면 쫑긋, 둥근 잎사귀 열어

하늘의 말 경청하는 옥수수들 보고 있자면

나의 미래 불쑥 얼굴을 내밀어올 것도 같다

한여름 달아오른 지열의 적막 속에서

촘촘하게 박혀서는 누렇게 익어가는

옥수수알들의 묵언을 나는 새겨 읽는 것이다

울음의 진화

모처럼의 휴일
거실 바닥에 누워
낮잠 한숨 붙이려는데
난데없이 창문 무너뜨리며
달려드는 한 떼의 울음소리가
안면을 방해한다
저 금속성의 날카로운
울음들은 더 이상 자연의
연주가 아니다 두껍고 높은
자동차 소음의 장벽 너머에 있는
자신들의 짝들을 향해
처절하게 사투를 벌이듯
구애를 펼치고 있는 저들의
피울음 어찌 음악일 수 있으랴
종족 보존을 위해
낮밤 가리지 않고 울어대는
저, 자연의 집단 농성을

물대포로 강제 해산시킬 수는 없는 일
해마다 야생 열매들 껍질이 두꺼워지듯
매미 울음이 높고 가파르게 진화하고 있다

유월

그늘을 편애하는 달

우람한 그늘의 등이나 어깨에 기대

혹은 그늘을 홑이불로 끌어다 덮고 누워

생을 다녀간 이들에게 나는 슬픔이었을까

기쁨이었을까 과연 그늘이었을까

왜 항상 그들은 그이고 나는 나였을까

시서늘한 그늘 서너 바가지 푹 퍼서

등에 끼얹으며

이 생각 저 생각에 그늘 깊어지는,

한 해 가운데 정서의 키가

가장 웃자라는 달

첫눈

첫눈은 우리가 잠든 사이에 왔으면 좋겠어

도둑 떼처럼 남몰래 쳐들어와서 세상이 만든 지도를 지웠으면 좋겠어

늦은 아침 오줌이 마려워 문을 열었다가

빛을 반사하는 흰빛에 깜짝 놀라 잠시 눈이 멀었으면 좋겠어

가지마다 열린 눈꽃 음표를 읽으며 콧노래를 부르면 좋겠어

이웃에게 정답게 인사를 건네고 이민 간 옛 친구에게

야, 네 살던 마을에 첫눈이 왔어야! 문자를 남겼으면 좋겠어

하늘이 내려준 하얀 도화지에 괴발개발 낙서를 남기며

늑장 부리다 지각하여 상사에게 꾸지람을 듣고

퇴근길 주머니가 허전한 실직을 불러내 따뜻한 술을 마셨으면 좋겠어

첫눈은 눈꽃 화음에 귀가 젖어 곤한 잠 자는 사이에 내렸으면 좋겠어

저수지

고향으로부터 동네 저수지가 얼기 시작했다는 문자가 왔다.

아, 저수지가 그 큰 입을 닫아걸었나 보다.

이른 봄부터 초겨울까지 그는 쉴 새 없이 얼마나 많은, 크고 작은 말들을 출렁출렁 지껄여왔던가.

발문 · 시인의 말

상처받은 시인의 아름다움과 순정

권성우 문학평론가

1

시인의 성정과 기질은 시에 어떠한 영향을 미치는 것인가? 이재무의 열 번째 시집 『슬픔에게 무릎을 꿇다』를 천천히 읽어가면서, 나는 시집 속에 진하게 드리워진 인간 이재무의 매력과 문학에 대한 열정에 대해 생각하지 않을 수 없었다.

그를 언제 처음 만났는지는 뚜렷하게 기억하지 못한다. 등단 직후인 1980년대 후반 문단 모임이나 술자리에서 몇 번인가 스쳐 지나가며 만났으리라. 그 무렵, 거의 밤을 새우다시피 하는 문인들의 술자리가 얼마나 자주 있었던가. 그러다 1990년대 후반부터 몇 년간 민족문학작가회의(현 한국작가회의) 기관지 『내일을 여는 작가』의 편집에 함께 관여하며, 당시 편집위원으로 참여하던 방민호, 유성호 등과 허물없이 어울리곤 했다. 그때 우리는 출판 자본에 현저하게 종속되어 있는 기존 문예지에서 탈피한, 대안적이며 독립적인 멋진 문예지를 만들고 싶다는 순수한 열망으로 가득했다. 그리고 2010년 동국대 문예창작대학원 강의를 함께 맡으며 장충동에서 풋풋한 문학도들과 나눈 추억을 내 맘에 소중하게 간직하고 있다. 최근에는 이재무 시인과 페친(페이스북 친구)이 되어 함께 소소한 대화와 근황을 나누는 중이다.

그와 이런저런 만남과 추억을 공유하고 있다 해도, 분명 우리 사이를 자주 만나 술을 마시거나 마음의 깊은 교류를 나눈 친구, 또는 오랜 세월 동안 서로의 글쓰기를 지켜봐온 절친한 문우라고는 할 수 없을 것이다. 그래서 그가 이번 열 번째 시집의 발문을 내게 부탁했을 때 솔직히 의외였다. 그러나 그의 부탁이 참 반가웠던 것은 그가 나로 하여금 기꺼이 시집의 발문을 쓰고 싶은 욕망을 자극하는 몇 안 되는 시인이기 때문이다. 그래서 나는 지금 이 글을 기꺼운 마음으로 쓰고 있다.

2

내게 이재무 시인은 자연스럽게 순정과 낭만, 엄청난 문학적 열정, 손해를 보더라도 할 말은 하는 담대함을 떠올리게 만든다. 몇 년 후에는 환갑(아! 이 용어만큼 그와 어울리지 않는 것도 없으리라)에 이르는 그는 아직도 우리 사회의 모순과 문단의 아름답지 못한 어떤 행태에 대해 분노하며, 때로는 그 분노와 속생각을 고스란히 말이나 글로 표출하는 순수한 열혈 청년이다. 문인을 포함하여 대부분의 사람들은 자신의 분노와 생각을 그대로 말과 글로 옮기지 않는다. 대체로 그 말과 글이 연유할 여러 가지 파장과 영향, 이해타산을 고려하면서 마음속에만 간직하는 경우가 많다. 그러나 이재무 시인은 어느 문인보다도 자신의 생각을 그대로 말과 글로 옮기곤 한다. 그래서일까, 내게 그는 무엇보다 진솔하고 용기 있는 시인으로 기억된다. 그가 대학교 3학년 때『민중 교육』

에 현장 르포 「교사 임용 이대로 좋은가」를 기고한 대가로 오랜 동안 동경해온 교사 임용이 좌절당했다는 사실은 그의 성정과 기질을 역력히 보여준다.

바로 이런 그의 심성으로 인해 시인은 사회와 문단에서 숱한 손해와 배제의 운명을 겪었으리라(그에게 문학상이라는 복은 그나마 있는 듯하다). 평소에 자신의 어두운 상처와 정직하게 대면하고 있는 그의 시편들에는 그가 아무리 숨기고자 노력해도 끝내 시인 이재무의 성정과 취향, 세계관이 그대로 배어 있다. 왜 그렇지 않겠는가. 하물며 페이스북에도 시인 이재무의 성깔과 기질은 그대로 투영된다. 그는 어떤 문인보다도 자주 이 땅의 정치와 문단의 문제점에 대해 직설적으로 질타하는 글들을 올린다. 그가 '페북'에 올린 글들을 통해, 나는 곧잘 대리 만족하면서, 사회적 모순에 대해 분개하고 시와 문학에 대해 올곧은 순정을 지닌 시인의 초상을 흥미롭게 엿보곤 한다. 그가 가끔 자신의 실수를 자책하는 글을 올리면 나는 마치 내가 실수한 것처럼 안타까운 맘이 되곤 했다. 그럼에도 불구하고 나는 이런 이재무 시인이 참 좋다. 다들 자신을 긍정적이며 예쁘게 관리하는 시대에, 시인은 자신의 허물과 실수, 분노, 격정을 직설적으로 드러낸다.

그러나 오해는 마시라. 시인은 "나는 대화의 기술에 서툰 편이다. 에둘러 말해야 할 것도 직설적으로 툭 던져 상대를 불편하게 만들곤 한다. 이것은 내 각오와는 상관없는 천성이다. 이 약점 때문에 내가 입은 손해가 결코 적지 않다"(『세상에서 제일 맛있는 밥』)고 말했거니와, 그를 직접 만나본 사람은 알겠지만 이런 발언이 그의 모든 것을 정확하게 말해주는 것은 아니다. 실상 시인 이재무는 누구보다 자연스럽게 대화를 유도하며 상대방의 입장을 세심하게 배려하기도 한다. 다만 그가 자신이 옳다고 생각하는 주장이나 입장에 대해 결코 물러서지 않는 성향이라는 건 분명한 사실이다. 그는 부드러우면서도 강하다.

3

첫 시집 『섣달그믐』(1987)부터 이번 시집 『슬픔에게 무릎을 꿇다』까지, 그리고 산문집 『생의 변방에서』(2003)와 『세상에서 제일 맛있는 밥』(2010)을 통독컨대, 그의 시 세계와 문학관은 한결같다. 소외된 사람들에 대한 연민, 비주류에 대한 애정, 자연과 어머니에 대한 회상, 인생과 문학에 대한 정직한 성찰 등으로 요약되는 그의 시적 정서는 이번 시집에서도 크게 변하지 않았다. 다만 『슬픔에게 무릎을 꿇다』에서 이 같은 시적 주제는 시인의 일상과 한층 진하게 결합되어 있다는 사실을 지적해야겠다. 아래 시를 가만히 읽어보자.

아내는 비정규직인 나의
밥을 잘 챙겨주지 않는다
아들이 군에 입대한 후로는 더욱 그렇다
이런 날 나는 물그릇에 밥을 말아 먹는다
흰 대접 속 희멀쑥한 얼굴이 떠 있다
나는 나를 떠먹는다
질통처럼 무거운 가방을 어깨에 메고
없어진 얼굴로 현관을 나선다
밥 벌러 간다

_「나는 나를 떠먹는다」 전문

이 시의 첫 문장, "아내는 비정규직인 나의/밥을 잘 챙겨주지 않는다"는 시인 이재무의 정체성과 시집의 성격을 인상적으로 상징하고 있다. 그렇다. 시인이 "나는 이십 대 후반의 잠깐 동안을 빼놓고는 정규직으로 살아본 적이 없다"(「시와 함께 걸어온 길」, 『시인으로 산다는 것』, 문학사상, 2014)고 고백했듯이 그의 삶은 비정규직으로 점철된 여정, 바로 그것이었다. 물그릇에 밥을 말아 먹으며 자신의 그림자를 응시하는 시적 화자의 모습에서 비정규직의 운명을 쓸쓸히 감수하며 자신에 대해 성찰하는 시인의 면모를 확인할 수 있다. 물론 단지 남편이라는 이유로 아내가 밥을 챙겨주기를 바라는 이 시를 남성 중심주의라는 맥락에서 비판할 수는 있겠으나, 그 비판이 시의 핵심적인 정서를 근본적으로 건드리고 있다고는 말할 수 없을 것이다. 시인은 아내와 냉전 후에 식구들 몰래 일어나 미역국을 끓이며 "아내 가슴에 옹골차게 박힌 돌/슬그머니 자취 감출 것인가"(「미역국을 끓이다」)라고 생각하는 속 깊은 남편이기도 하다.

4

시인에게는 자신의 선택이 정당하다고 판단되면 끝까지 가보는 정서, 또는 패배할 것을 명백하게 알면서도 그 선택을 소신 있게 밀고 나가는 곡진한 정서가 있다. 예컨대 "생의 궁극은 완전한 소진에 있는 것//화구 앞에서 생의 완주에 대해 생각했다", "타다 만 흔적처럼 추한 것 어디 있으랴"(「火口 앞에서」), 또는 이전 시집 『저녁 6시』에서 읊은바, "한 점 비명, 회한도 없이 장렬하게 전사할 거야"(「푸른 늑대를 찾아서」)라는 구절들은 이러한 시인의 반골 기질과 올곧은 태도를 상징하는 대목인 듯하다. 실제로 시인은 "이 시대 딸깍발이로서의 존재인 시인은 그러므로 결과가 뻔히 예상되는 싸움에서조차 몸을 피하지 않아야 한다"(『생의 변방에서』)고 적고 있지 않은가. 이 대목에서 나는 지적인 망명자가 되는 것을 감수하면서도 평생 동안 비판적 지성인의 길을 고독하게 걸어온 사상가 에드워드 사이드(Edward Said)에 대한 서경식의 발언을 떠올렸다. "사이드는 '멸망할 운명임을 알고 있다'고, 그럼에도 불구하고 '우리는 앞으로 나아가고 싶다'고 말한다. '거의 승산이 없음에도 불구하고 계속해서 진실을 말하려는 의지'를 표명했다. 마치 한 편의 시와 같은 말이다"(서경식, 『난민과 국민 사이』, 임성모·이규수 옮김, 돌베개, 2006). 이 아름답고 당찬 발언에 나는 얼마나 가슴이 뛰었던가. 서경식은 에드워드 사이드의 발언이 한 편의 시와 같다고 했다. 나는 그 시적 표현의 어떤 문학적 가능성을 이재무의 시편들을 통해 예감할 수 있었다.

청춘 시기나 특정한 시기에 아웃사이더가 되거나 비주류를 자처하는 건 그다지 어렵지 않은 일일 것이다. 그러나 설사 그것이 의도된 것은 아닐지라도 평생을 걸쳐 체제와 문단의 아웃사이더로 살아간다는 것은 정말 쉽지 않은 일이다. 개인적으로 몇몇 논쟁을 통해 문단 주류 미디어에 대한 비판을 수행하면서, 문단 시스템의 강고한 폐쇄성을 제대로 체험해본 내 입장에서 볼 때, 시인과 같이 기나긴 세월을 반골 정신으로 무장하여 살아간다는 것이 얼마나 쉽지 않은 선택인지를 잘 알고 있다. 어떻게 이런 자세와 경지가 가능했을까. 무엇보다 시인 이재무가 시인됨의 특성을 비제도적인 실존에서 바라보고 있다는 점을 주목할 필요가 있다. 그는 "시인이야말로 운명적으로 비제도적 존재요, 반체제적 존재 아닌가. 그리하여 체제와 제도 안에서 왕따 당하는 비운의 존재 아닌가"(『생의 변방에서』)라는 관점에서 오랜 동안 시를 써왔으며, 그런 시에 대한 생각을 삶과 문학에서도 스스로 실천해온 것이다.

5

시인의 정체성에 대한 이재무 시인의 태도는 자연스럽게 이 땅의 소수자와 약자, 배제당한 자, 가난한 자, 기억되지 않는 존재에 대한 깊은 공감과 진한 연민으로 나타난다. 아래 시를 천천히 읽어보자.

신발장 속 다 해진 신발들 나란히 누워 있다

여름날 아침 제비가 처마 떠나 들판 쏘다니며

벌레 물어다 새끼들 주린 입에 물려주듯이

저 신발들 번갈아, 누추한 가장 신고

세상 바다에 나가

위태롭게 출렁, 출렁대면서

비린 양식 싣고 와 어린 자식들 허기진 배 채워주었다

밑창 닳고 축 나간,

옆구리 움푹 파인 줄 선명한,

두 귀 닫고 깜깜 적막에 든,

들여다볼 적마다 뭉클해지는 저것들

살붙이인 양 여태도 버리지 못하고 있다

_「폐선들」 전문

시인은 문득 신발장에서 이제는 신지 않는 낡은 신발들을 발견하고 이를 '폐선(廢船)'에 비유한다. 한때 그 신발을 신고 지난하고 누추한 삶을 꾸려온 시인은 "들여다볼 적마다 뭉클해지는" 애틋한 마음에 그 신발들을 차마 버릴 수 없는 것이다. 시집 도처에서 "오래 허전하고 아픈 영혼들"(「깜깜한 황홀」)에 대해 주목하고 있는 시인의 심성을 발견할 수 있다. 이미 그는 이렇게 말하지 않았던가. "시인은 모름지기 약자에 대한 관심과 배려를 아끼지 말아야 한다. 사람에 대해서뿐만 아니라 모든 생명체에 대해서도 사랑과 연민의 감정을 그 누구보다 앞서 예민하게 자신의 것으로 감각할 줄 알아야 한다"(『사람들 사이에 꽃이 핀다면』)고. 이 같은 시인의 생각은 그를 모든 사소하고 외롭고 가난한 존재에 대한 다정한 관심으로 이끈다. 그래서 "퇴근길 주머니가 허전한 실직을 불러내 따뜻한 술을 마셨으면 좋겠어"(「첫눈」), "도회지에 오래 살다 보니 진한 어둠이 그리울 때가 있다"(「어둠이 그립다」) 등의 애잔한 시구를 낳는다. 시인은 "배드민턴을 치면서 나는 들키지 않게 져주는 것이야말로 가장 위대한 사랑이라는 것을 알았습니다"(「배드민턴과 사랑」)라고 적고 있거니와, 이 대목을 통해서 강한 자에게는 누구보다도 강하게 대응하지만, 약자에게는 따뜻한 연민을 지닌 시인의 심성을 인상적으로 확인하게 되는 것이다.

6

이번 시집을 일별하며 나는 섬세한 변화의 징후를 감지했는데, 그것은 시인이 짙은 허무주의에 경도되어 있다는 조짐과 연관된다. 가령 시인은 "먼지의 유구한 힘을/누군들 당해낼 수 있겠는가/이 세상 한결같은 것은/먼지밖에 없는 것 같다"(「먼지의 힘」)며 인간의 노쇠함에 대비되는 먼지의 한결같음에 대해 토로하는가 하면, "우리네 설운 삶을 다녀가는 무수한 인연들이 혹여 저 돌멩이들과 구두가 맺은 지극히 사소한 우연 같은 것은 아니었을까 하는 생각 먼지처럼 피어올랐다 오늘도 내 생은 하루만큼 저물어간다"(「돌멩이와 구두」)는 시구를 통해 사람 사이의 인연과 만남을 우연이라는 시각으로 바라보기도 한다.

누구나 세상이 좋아지리라는 기대, 내 순정이 언젠가는 보상을 받으리라는 희망을 가지고 세상을 살아갈 것이다. 그러나 시간이 지날수록, 나이를 먹을수록, 그러한 기대와 희망은 쉽게 실현되지 않는다는 씁쓸한 사실을 자각하게 된다. 아니, 희망, 기대, 혹은 구원이라는 용어 자체가 일종의 형이상학적 환상에 불과하다고 생각할 수도 있다. 이런 사실을 깨닫게 되는 과정을 성숙이라고 부르기도 할 것이다. 수십 년간 시간강사 등의 비정규직으로 고단한 인생을 영위한 시인, 문학적으로나 정치적으로나 비주류의 길을 오랜 동안 걸어온 시인은 이제 "붉은 열정이 새어 나간 몸은/알곡 빠져나간 광목 자루처럼 헐렁해졌다"(「한강 블루스」)며, 정신과 육체가 시들어가는 과정을 처연한 심정으로 바라보고 있다. 그러나 '시' 쪽에서 보았을 때, 시인의 처연함과 허무, 슬픔은 결코 무의미하고 소모적인 감정만은 아닐 것이다. 좋은 시란 '상처받은 자의 아름다움'에서 비롯된다는 사실을 시인은 누구보다 잘 알고 있지 않은가. 그가 늘 사석에서 말하듯이 세상에 공짜는 없으며, 시와 인생에서도 그건 마찬가지다. 오히려 시는 실패와 슬픔, 몰락, 상실을 연료로 하여 비로소 생성되는 '마음의 진주'이리라. 시인의 고통과 슬픔을 통해, 독자인 내가 행복해질 수 있다니, 나는 이 땅의 시인들에게 평생 동안 미안한 마음을 가져야 하리라.

7

개인적으로 이번 시집에 수록된 시편들 중에서 깊은 공감을 하면서 읽은 작품으로 아래의 시를 들 수 있다.

나이가 들면서 무서운 적이 외로움이라는 것을 알았을 때
내가 가장 먼저 한 일은 핸드폰에 기록된 여자들
전화번호를 지워버린 일이다
술이 과하면 전화하는 못된 버릇 때문에 얼마나 나는 나를
함부로 드러냈던가 하루에 두 시간 한강변 걷는 것을 생활의 지표로
삼은 것도 건강 때문만은 아니다 한 시대 내 인생의 나침반이었던
위대한 스승께서 사소하고 하찮은 외로움 때문에
자신이 아프게 걸어온 생을 스스로 부정한 것을 목도한 이후
나는 걷는 일에 더욱 열중하였다 외로움은 만인의 병 한가로우면
타락을 꿈꾸는 정신 발광하는 짐승을 몸 안에 가둬
순치시키기 위해 나는 오늘도 한강에 나가 걷는 일에 몰두한다
내 일상의 종교는 걷는 일이다

_「내 일상의 종교」 전문

시인은 외로움에 대해 말한다. 나이가 들수록 외로움으로 인하여 스스로 망가질 수 있다는 것을 시인은 엄중히 인식한다. 그래서 사소한 외로움으로 인해 결국 스스로의 인생과 가치를 부정한 선배 시인을 떠올리기도 한다. 언젠가 시인은 "엄살 같지만 아픔을 견디는 일은 외로움을 견디는 일이기도 하다. 인간이 실존적 개체요, 단독자라는 것을 아픔만큼 절실히 알려주는 표지도 드물 것이다"(『생의 변방에서』)라고 적기도 했다. 외로움으로 인한 타락을 순치시키기 위해 시인은 매일 한강을 걷는다. 이제 시인은 "겨울 강물처럼 단순하게 살고"(「다시 한강에서」)자 하는 것이다. 그렇다 나 역시 외로움에 패배한 적이 자주 있기에 앞의 시가 내 가슴에 비수처럼 꽂혔다. 수업이 있는 날에도 늘 백팩에 운동화를 신고 자주 걸으면, 세상과 신비한 자연이 내게 다가와 외로움의 감정은 조금씩 희석되곤 했다. 걷기야말로 마음의 난폭한 열정과 외로움을 다스리는 훌륭한 대안이라는 사실을 깨달아가는 중이다. 시인과 나는 외로움을 극복하고 세상과 자연에 더 가깝게 다가가는 방법으로 걷기를 선택했는데, 이런 의미에서 우리는 동지가 되지 않을 수 없으리라.

8

이번 시집에 수록된 「얼굴」과 같은 시편은 이재무 시인이 단지 문학의 정치적 쓰임새나 사회적 발언에 몰두하는 경향에 머무는 것이 아니라, 시의 형식이나 미감에 각별한 관심을 지닌 미학주의자이기도 하다는 사실을 인상적으로 보여준다.

주름 가득한

더운 날 부채 같은

추운 날 난로 같은

미소에 잔물결 일고

대소에 밭고랑 생기는

바람에 강하고

물에 약한 창호지 같은

달빛 스민 빈방 천장 같은

뒤곁에 고인 오후의 산그늘처럼

적막한

공책에 옮겨 쓴 경전 같은

_「얼굴」 전문

이 아름다운 시를 통해 시인은 단아한 서정시 미학의 한 전범을 보여준다. 시인은 얼굴에 주름이 가득하지만, 마치 경전처럼 반듯하고 기품 있는 노인의 얼굴을 목도한다. "더운 날 부채 같은", "추운 날 난로 같은" 그 자연스럽고 넉넉한 얼굴을 보면서 시인은 그 자신의 얼굴과 인생을 되돌아보는 것이다. 한 단어도 보태고 뺄 필요가 없는 시가 바로 이런 시일 것이다.

김사인, 나희덕, 문태준, 김선우 등과 더불어 이재무 시인은 이 시대에도 여전히 서정시의 본령을 굳건히 수호하는 드문 시인에 속한다. 그는 2007년에 발간된 시집 『저녁 6시』에서 "편치 않다, 우리 시대 다 낡은 서정시여/안쓰럽고 또 서글퍼져서/너의 품에 들어 잠시 칼바람을 피한다"(「공중전화」)라고 읊었거니와 바로 이 대목에서 서정시에 대한 시인의 극진한 순정을 느낄 수 있다. 그는 소월시문학상 수상 소감(2012)에서 "나는 우리 근현대 시사의 가장 중요한 문학적 자산인 서정의 전통성을 법고창신의 자세로 내화하고자 합니다. 그것은 다름 아닌 '진화하는 건강한 서정'입니다"라고 언급한 바 있다. 현대시의 흐름에서 볼 때, 그의 시는 신경림으로 대변되는 민중적 서정시의 정서를 창조적으로 계승하고 있다. 그래서 그가 「우리 시대의 민족 시인, 신경림」(『생의 변방에서』)이라는 장문의 평문을 발표하고 "그 시절 현기영, 신경림 두 분 선생님을 만난 것은 내게는 평생의 가장 큰 운이자 축복이었다고 판단됩니다"라고 말했던 것이리라. 내가 접한 그의 어떤 시도 이해하기에 지나치게 어렵거나 난삽하지 않았다. 의미의 명료함을 지니고 있으면서도 마음을 움직이게 만드는 시, 바로 이 점이 이재무 시편의 가장 소중한 미덕이 아닐까 싶다.

나는 이재무의 시들을 통해 서정시의 가능성이 무한대로 열려 있음을, 서정시가 쉽게 격파되거나 극복될 수 있는 한때의 유력한 문학 형식이 결코 아니라는 사실을 실감할 수 있었다. 차라리 서정시는 세상과 자연, 인간에 대한 시인의 근본적인 태도라고 말할 수 있겠다. 그 서정시의 미적 잠재력과 아름다움을 깊고 넓게, 미적으로 단단하게 만드는 것이 시인 이재무가 기꺼이 감당해야 할 책무라는 생각이 들었다.

9

시인은 "시는 실패의 기록이다 비록 그것이 희망을 노래할지라도 절망을 통과하지 않을 때는 깊은 울림으로 오지 않는다"(『생의 변방에서』) 라고 적은 바 있다. 물론 그럴 것이다. 이번 시집도 예외가 아닐 것이다. 『슬픔에게 무릎을 꿇다』라는 제목이 암시하듯이, 이번 시집은 그가 최근 몇 년간 겪은 깊은 상처와 회한, 슬픔, 분노, 고독의 기록일 것이다. 그러나 바라건대 이번 시집의 발간만큼은 당분간 그에게 행복과 충만감을 선사하는 뜻 깊은 계기가 되기를 마음 깊이 바란다.

열 번째 시집을 출간하는 이재무 시인에게 한 사람의 폐친이자 문우의 입장에서 진심으로 축하의 마음을 전하고 싶다.

최근 내 시편들은 주로 길 위에서 구한 것들이 많다. 이것은 직업과 상관성이 없지 않다. 나는 정규직이 아닌 관계로 하루의 대부분을 길 위에서 보낸다. 그렇다 보니 시상 역시도 길 위에서 이루어지는 경우가 많은 것이다. 처음에 그것은 이미지로 오기도 하고 은유로 오기도 한다. 나는 나를 찾아온 이 귀한 손님들을 고이 데려와 컴퓨터 속에 모셔 놓는다. 청탁이 오면 예의 손님들을 정성껏 성장시킨 뒤 잡지사에 시집보낸다. 이렇게 해서 태어난 시편들이 내 최근작들이다.

시를 삼십 년 넘게 써왔지만 나는 여전히 시가 무엇인지 모른다. 매번 시를 쓸 때마다 처음인 듯 낯설고 당혹스럽기만 하다. 하지만 이제는 그것 때문에 어떤 강박에 휘둘리지는 않는다. 시와 잘 놀기만을 바랄 뿐이다.

시는 내 생활의 기록이다. 내 시편들은 생활 속에서 발견한 것들이다. 나는 굳이 신기하거나 생경한 것에서 시를 구하지 않는다. 생활에서 구한 대상들에 나름의 의미와 가치를 부여할 뿐이다.

내 손을 떠난 시편들은 더 이상 내 소유물이 아니다. 나를 떠난 시편들이 보다 많은 이들과 접촉하길 바란다. 세상을 활기차게 주유하길 바란다. 시여! 그러면 안녕!

이재무